모래와 모래 사이

세상의 틈은 아름답다

모래와 모래 사이

발행일	2022년 5월 2일		
지은이	김웅길		
펴낸이	손형국		
펴낸곳	(주)북랩		
편집인	선일영	편집	정두철, 배진용, 김현아, 박준, 장하영
디자인	이현수, 김민하, 안유경, 신혜림	제작	박기성, 황동현, 구성우, 권태련
마케팅	김회란, 박진관		
출판등록	2004. 12. 1(제2012-000051호)		
주소	서울특별시 금천구 가산디지털 1로 168, 우림라이온스밸리 B동 B113~114호, C동 B101호		
홈페이지	www.book.co.kr		
전화번호	(02)2026-5777	팩스	(02)2026-5747

ISBN   979-11-6836-295-6 03810 (종이책)   979-11-6836-296-3 05810 (전자책)

(주)북랩 성공출판의 파트너

북랩 홈페이지와 패밀리 사이트에서 다양한 출판 솔루션을 만나 보세요!

홈페이지 book.co.kr   •   **블로그** blog.naver.com/essaybook   •   **출판문의** book@book.co.kr

작가 연락처 문의 ▸ ask.book.co.kr

작가 연락처는 개인정보이므로 북랩에서 알려드릴 수 없습니다.

세상의 틈은 아름답다

모래와 모래사이

김웅길 제5시집

 북랩

序詩

모래와 모래 사이
물방울이 서로를
꼬옥 안고 있듯

당신과 나 우리 사이
정으로 사랑으로
꼬옥 안고 가야지

시리지 않게
아프지 않게
따스한 온기 나누며

- 부여 自溫帶(자온대)에서

목차

序詩 4

/ 1부 모래와 모래 사이 /

/ 2부 가장 큰일 /

/ 3부 퍼즐 맞추기 /

/ 5부 탓 /

1부

/ 모래와 모래 사이 /

모래와 모래 사이

멀리 바다가 보이는
모래톱에 앉아
물의 흔적으로
사이를 메우며
서로를 감싸고 있는
모래와 모래들

익숙한 타인이 되어
참 멀리 와 버린
너와 나 우리는
정으로 사랑으로
사이를 메우고 있을까
얼마나 단단하게

서로에게 상처 주며
오랜 시간 헤매다
종착역을 앞두고
전리품들을 정리하며
위로를 찾아
뒤적이는 세월의 흔적

달

아직은
떼어낸 손톱에
불과하지만

아직은
미인의 눈썹에
불과하지만

네가 잠자는 동안
고요를 먹고
어둠을 밝히며

키워내고
덜어내며
널 토닥이는

부부

손잡이를 잡고
밀면 어떻고
당기면 어떠리

문밖에는
넉넉한 가을이
기다리는데

결정의 삐짐으로
반복한 갈등에
닳아 버린 잠금쇠

열고 닫음의
의미조차 낡아 버린
오후의 삶

너

저만큼 멀어져 가며
흘리는 한숨 속에서
내가 하는 말들을
알아들으며
한 번쯤 뒤돌아보길

지금까지 내게는
모든 생각의 주제가
모든 행동의 목적지가
모든 삶의 풀이가
너였다는 것을

그리고 이젠
마지막까지
보듬고 가야 할 것만
남아 있다고
그래야 된다고

눈물

이슬이 맺혔다

커진다.

뚝

하염없이 반복되는

그립다.

참 많이

창문(窓門)

처음부터
저항할 생각 없이
네가 원하는 대로
살기로 했어.

신음 소리 내며
흐르는 보슬비도
아우성치며
요란 떠는 소나기도
가리지 않고
모두 안아주고
날갯짓하다 투정 부리는
눈송이도 품어주며

시리고 아픈 생채기로
무늬를 만들고 있어
네 마음의
눈치를 보며.

바라보기

네가 하는
말이 아니라
네 마음을
듣고 싶어
네 눈을 바라보니

네 가는 숨소리에
숨어 있는
사랑해
사랑해
정말 사랑해

천기누설

이건 비밀인데
너한테만 말해줄게

지금 웃고 있으면
내일도 웃을 거고

지금 걱정하고 있으면
내일도 걱정하고 있을 거야

궁금해하지 마
미래 같은 건 존재하지 않아

너의 현재가
곧 너의 미래야

그러니까 지금 웃어
그냥 그렇게

만족하기

네가 오른 산이
높은 산의
정상이 아니라
야트막한 언덕이라 해도
가는 길에
너를 만나 동행하고 있으니
행복한 거야
그리고 아직
끝나지 않았잖아

다시 쓰는 이야기

내 삶은
한편의 시나리오
내가 감독이고
멋진 주연 배우

지금까지 촬영한 것은
그대로 저장하고
경치 좋은 숲길에서
사랑 이야길 시작한다.

처음도 아닌데
익숙한 어색함에
무수히 되풀이되는
너와 나의 키스신

석양에

기댄 그림자가

고무줄로 늘어나도

계속되고 있다 천천히

이별 앞에서

눈길 닿는 곳마다
모두 내 몫으로 남겨진
힘들고 어렵고
두려운 이별의 유산(遺産) 앞에

보여주기 위해
꾸미며 애쓴 시간에
잃어버리고 망각된
나에 대한 편리(片利)들

지금 해야 할 일은
어제의 나보다
지금의 나를
좀 더 사랑하는 일

쉬운 이별

사랑이 떠났니
슬프지
그냥 실컷 울어

울고 난 뒤
남아 있는 널
토닥여 줘

조각달

반쯤 열린 커튼 사이로
은은한 미소로
바라보고 있는걸
알지 못했어
무엇이 그리 바빴는지
머리 한번 못 들고

오랜 사랑에
익숙해진 내성(耐性)은
고마움을 잊고
불평을 만들어 냈어
그대로 그곳에 있음이
행복이라는 걸

오늘 밤
새벽을 늦추어 잡고
한참이나 바라보았어
나만 외로운 줄 알았거든
너를 생각하지 못하고
고마워 기다려줘서

아들에게 2

한편의 이야기라고
인생을 말하지
대부분의 이야기는
행복한 결말이고

지금 너는
인생을 전개하며
갈등의 시간을
써가는 중이야

책 몇 장 넘기는
짧은 시간이 지나면
풀어진 갈등이
행복을 만들고 있을 거야.

그러니까 힘들어하지 마
바보처럼 울지도 말고
지금은 한숨 쉬고
토닥토닥

어떤 모순(矛盾)

닫힌 현관 안에
울고 있는 강아지
빈집을 지키며
돌아올 누군가를
기다리고 있다.

혼자 살며 만든
스스로의 선택에
강아지는
더 오랜 시간
외로움에 떨고 있다.

서럽게도
외로움에 기대어 사는
혼자라는 이름들이
신세대 모습으로
자리매김하고 있다.

공감(共感)

방역마스크 쓰고
길을 걷는다
숨쉬기 힘들다.

사시사철
비닐 속 대지는
얼마나 힘들까.

나에게

자기만의
색과 모양을 안고
숙명으로 정해진
한때를 살아가는
삼라만상

사람에게도 자기만의
색과 모양이 있고
정해진 때가 있을 거야
그렇게 살아갈 거야
그럴 거야

내 색깔로
내 모양으로 살지 않고
무지갯빛으로
바람처럼 물처럼 살려 했으니
그렇게 힘든 거야.

그냥 나답게 살아

많이 웃고

조금 울고

편하게 화내고

미안해하고

양지(陽地)

햇빛 한줌 내려와
놀고 있는 담 밑
헐렁한 파자마에
남은 뼈 감추고
바람 멎은 해바라기로
시작하는 기다림.

빠르게 그늘 만드는
산자락의 재촉에
그리움의 먼지 털며
일어선 자리에
남은 온기로
뿌리 내리는 민들레.

모를 일 1

강변에 멋진 별장
사장은 주말만 오고
평소엔 별장지기가
누리며 살고 있다.

가지고 있는 사람이
주인일까
즐기는 사람이
주인일까

잊는다는 것

모처럼
울리는 손전화기
낯선 숫자가
반갑지 않습니다.

한참을 바라보다
받아 들고 보니
퇴직하며 정리한
지인이었습니다.

잊으려고 지웠는데
당신은 나를
잊지 않았군요
미안합니다.

정리하지 말고
가지고 있어도 되는데
너무도 쉽게
당신을 잊으려 했군요.

사람을 쉽게 버리면
안 되는 걸
또 배웁니다.
평생 학생입니다.

너를 위해

한 편의 시가
그대 마음의 울림으로
공명할 수 있는
기회를 위해
가로등 불빛이
꺼진 줄 모르고
마음의 잡초를 뽑으며
상념의 밤을 보냈어.

빈 곳이 없는
그대 마음 밭에
여백을 만들어
둥지를 틀며
아프지 않게 살살
나서지 않고
가만가만히
널 위해 기도하고 있어.

기다림

어디에선가 지금
걷고 있는 사람이

아무런 이유 없이
걷고 있는 사람이

모두 나에게로 오는
발걸음이었으면

눈길 머무는 곳까지
반길 수 있을 만큼

두 팔 벌려
반길 수 있을 만큼

그들이 원하는 만큼
마중 길에 설 수 있는데

2부

/ 가장 큰일 /

가장 큰일

땅에 떨어진 씨앗이
뿌리가 내리고
잎이 나고
줄기가 자라
어린 나무가 크고

꽃봉오리가 맺혀
수술과 암술이 자라
꽃을 피우면
타인의 힘에
가루받이가 이루어지고

어느 날
꽃이 지고
열매가 크고
씨앗이 여물고
다시 땅에 떨어지고

아! 무서운 순리여

아름다움이여

이보다 더 큰일이

어디 있으랴

어디 있으랴

신(神)에 대하여

모나지 않고
동글동글한 씨앗에게서
신(神)이라고 하는
그 무엇을 본다.

아가와 눈 맞추며
가슴을 내어주는 모습에서
신(神)이라고 하는
그 무엇을 본다.

낮음으로 쌓이고
그리하여 맑은 바다에서
신(神)이라고 하는
그 무엇을 본다.

조각구름 한 점
탐내지 않는 하늘에서
신(神)이라고 하는
그 무엇을 본다.

모를 일 2

철 지난 바닷가에
아이들이 모여
산을 만들고
집을 짓고
성을 쌓는다.

파도가 일어
공들인 모래성을
가뭇없이 쓸어가도
깔깔 낄낄
폴짝 폴짝

쌓아 놓은 것들이
한순간에 사라져도
슬퍼하거나
안타까워하지 않고
그냥 즐거워한다.

깨끗한 마음들이
무념무상의
공수래공수거를
어찌 알았을까
바람은 알까

등대

여기까지 어떻게 왔는지
지친 숨 몰아쉬는
한 해의 끝자락

저 멀리 변방
땅끝에 홀로 선
등대는 말한다.

중심에 서지 않아도
괜찮아
살아 있잖아

방향을 잃고
혼란의 시대를 건너온
한 해의 끝자락

맥박 같은 빛으로
길라잡이가 되어주는
등대는 말한다.

비틀거려도 흔들려도
괜찮아
누구나 다 그래

두루마리 휴지

숙명으로 정해진
주어진 길이만큼
맴돌이하다
흰 뼈 한 마디마저
폐기처분 되는
두루마리 화장지

단절되는 수만큼
크고 작은
삶의 찌꺼기를
온몸으로 힘주어 안고
함께 투신(投身)하는
두루마리 화장지

살아가기

너를 만나고
돌아오는 길
입속에 말을
조금만 남겨 가지고

너를 만나고
돌아오는 길
가슴속에 그리움
조금만 남겨 가지고
너를 만나고
돌아오는 길
눈 속에 사랑을
조금만 남겨 가지고

너를 만나고
돌아오는 길
발걸음에 정을
조금만 남겨 가지고

아직도 남아 있을까

아직도 남아 있을까
하나로 묶을 수 있는
하나가 아니더라도
함께 할 수 있는
이념 없는 휴식이

백두에서 한라까지
아이에서 노인까지
남자와 여자들이
각자의 기준을 정하여
쪼개고 있는 군상

심연 속에서 허덕이는
깨어진 질서와
군중 심리로 묶여진
진실 없는 항거는
빠르게 전이되고

우리라는 낱말에
오래도록 함께한
배려와 나눔을 품은
사람 사는 세상이
아직도 남아 있을까

권력의 추락

힘을 얻고 나면
다른 사람에 대한 존중과
공감 능력이 줄고
자기중심적이 된다.
지금까지는 그랬다.

힘을 얻고 나면
충동성이 강해지고
자신이 뭔가 특별하다는
생각이 파고든다.
지금까지는 그랬다.

힘을 얻고 나면
그 무엇이나 그 누구도
저항할 수 없다는
아집에 사로잡힌다.
지금까지는 그랬다.

힘을 얻고 나면
타오르는 불꽃의
한정된 시간을 잊고
영원한 줄 안다.
지금까지는 그랬다.

시인(詩人)

영원한 것은 없다는
싸늘한 진리 앞에
슬퍼할 필요 없어
살아 있는 것들은
모두 사라지지만
죽음에 맞서 더 당당한
그대 시인이여.

자신만의 언어로 새긴
한 편의 시가
윤회(輪回)의 기억 속에
찬란하게 살아남아
회자되고 있는데
죽었지만 죽지 않는
그대 시인이여.

숨 고르기

이쯤에서
잠시 쉬어가면 어때
어깨 누르던 가방은
평석 위에 놓고
땀 찬 신발은
가지런히 벗어 놓고
팔 벌려 골바람 안고
숨 고르기 하면 어때.

뛰면서 본 것이 있고
얻은 것이 있다면
멈춰도 볼 것이 있고
얻을 것이 있겠지
일상의 바쁜 걸음에
사색의 쉼표를 찍으며
지금은 지친 영혼을 위해
숨 고르기 하면 어때.

조바심

갈 길이 먼데
할 일이 많은데
하지는 않고
왜 그렇게 앉아 있어.

어떻게 해.

주어진 햇살과 바람
그리고 인연들이
하나둘
등을 보이고 있어.

얼마나 남았을까.

이젠 알았어

지금껏 난 바보였어
사람의 일을
사람이 선택하며
살아온 줄 알았거든

햇살과 구름으로
바람과 눈비
그리고
수많은 선택과 핑계로

거울에 비친
지금의 모습이
뭉개버린 시간이
만든 슬픔이란 걸.

노인 병원 연가

낡은 피아노
흑백의 건반이
조율 안 된
불협화음을 만들고 있다
참 오랜 시간이었지

하지 못한 말
하지 못한 행동
내밀지 않은 가슴이
아직 남아 있던가
보이지 않는 새로움은 없어

이미 알 만큼 알고
환상도 없는
이 끈적거림의 시간을
얼마나 더 건너야 할까
무의미한 시간 죽이기일까
황혼의 도취에 빠져

향기로운 추억을 떠올리며
눈을 뜨는 매일 아침이
하릴없이 늦어 버린
만찬의 시간은 아닐 거야.

그대에게

어떤 세대는
역사를 만들고
또 어떤 세대는
논평만 하면서
옛사람들이
꺼트린 불꽃을
되살리겠다고 외치는
그대 젊은이여
나도 그랬지만 말이야.

변화 속의 비슷한 매일이듯

이전 시대를

분노와 경멸의

시선으로 바라본

나도 그대도

지구가 도는 모양으로

나이테가 생기고

우스운 희극으로 끝나는

삶의 치기인 것을

가을일 뿐입니다

참 다행입니다
자기만의 색채로
단장하고 반기는
노년의 나뭇잎
마지막 남은
힘을 끌어올려
피어내고 있는 구절초
계절이 가을일 뿐입니다.

참 다행입니다
내년을 기다리며
나뭇잎과 숨바꼭질하며
뿌리 내리고 있는 새싹들
골짜기를 휘돌며
장난치고 있는 바람
어느 것 하나
쉬운 것이 없겠지만
계절이 가을일 뿐입니다.

그림자

젊음의 화려함도
아름다움에 대한 수식어도
길고 짧은 것도
생사의 구분도 없이
모두 같은 흑백사진

작은 빛의
내어줌에 기대어
잠시 머물렀다
흔적 없이 사라지는
모두 같은 흑백사진

당연한 것

실패를 경험한 이가
쏟아내는
세상을 향한
원망의 넋두리를
흘려들으며
난 삐걱거리며
오르내리는
시소를 그려 보았다
정해져 있는
오름과 내림의 간극을

세상의 속도는
끊임없이 무언의 강요로
힘들게 하지만
그래도 하물며
올라온 만큼만
내려가면 된다는
내려간 만큼만
당연히 올라온다는
수학의 진리를
너는 왜 잊고 있을까.

삶에 대하여

한 사람의 삶에
얼마나 많은
사연이 스며들어 있는지
모두 헤아릴 순 없어

하나씩
때로는 한꺼번에
왔다가 사라지는
높고 낮은 파도 속에서

웃으며 쉽게
지나치기도 하고
가슴으로 부여안고
허덕이기도 하고

결국엔 모두

자기가 그린

그림을 보며

사랑할 일만 남은

마음

크기와 모양이 같은
작은 유리컵이
서로를 다독이며
조심스럽게 앉아 있는
그릇가게 선반

포개어 엎어져
차곡차곡
빈 마음 없이
서로를 품고
쌓여 있는 유리컵

타인의 선택으로
담겨질 것에 따라
불리어질 이름들
술컵이 되고
물컵이 되고

오래 머물지 못하고
팔려갈 운명이지만
멀고 가까운 여행길에
중요한 것은
온전(穩全)히 나를 지키는 일

삶

여행길에
멀리 온 것이
중요하지 않아
이제는 알았지.

여행하며
본 것도 한 것도
중요하지 않아
이제는 알았지.

여행가방
가볍게 하고
손 꼭 잡고 가야 해
이제는 알았어.

여행 끝날 때
즐거운 곳에서
행복했으면 된 거야
이제 알았거든.

사이버 친구

나는 내가
마음의 그릇이
작다는 걸
너무 잘 알고 있어.

그래서 말이야
소중한 것만
잠시 담아 두었다가
수시로 비워 내기로 했어.

잠시 쉬어가는
새들의 쉼터가 되고
뿌리 내리는
풀씨들의 대지가 되고

쉽게 잊혀질

인연의 만남에

상처 입지 않기로 했어

익숙한 비워냄으로

테니스장을 보며

철제 울타리 안에서
주먹 공을 쫓아
뛰고 있는 모습이
우리에 갇힌
새들로 보이는 한낮

타인의 눈요기를 위해
정해진 공간에
구속된 새에게도
나름의 놀이를
만들고 있겠지

새장 속에서나
코트 사이에서나
다툼으로 편 나누고
울고 웃는 모습에
나는 웃기만 한다.

3부

/ 퍼즐 맞추기 /

퍼즐 맞추기

야호 신나게 재미있게
네 마음대로 맞춰봐
모서리부터 맞춰나가든
색깔별로 나누어 맞춰나가든
네 마음 가는 대로

인생도 마찬가지래
정해진 순서도 없고
진리의 정답도 없는
중요한 건
포기하지 않는 것

그리고 이왕이면
즐겁게 퍼즐을
완성하는 거지
느리게 오래오래
서둘 필요 없이

못

고향 집 흙벽에
박혀 있는 못
언제부터 그곳에 있었을까
머리가 반들거린다.

아무도 받아 들지 않는
땀에 젖은 작업복을
말없이 받아 들고
지키고 있었을 너

지난한 가난을
눈길 주지 않는
구석진 곳에서
함께하고 있었구나.

언덕길

아파트에서 나와
기지개 켜며
노을을 품고 있는
야트막한 언덕길을 오른다.

무너진 돌담 사이로
놀란 백구는
꼬리 내리고
고양이는 꼬리 올리고

묵은 청국장이
향수로 속삭이며
가까운 이방인의
발걸음 붙잡고

정돈된 텃밭엔
아낙을 기다리는
반찬거리들이
줄지어 뿌리 내리고

새벽안개로 피어오른
유년의 기억들이
타인의 모습으로
아파트 그늘에 멈춰있었다.

살아가는 방식을
조금 느리게
자기만의 기준으로
행복을 만들며

갈등(葛藤)

언제부터인지
살아갈 길이가
여름날 저녁처럼
끈적이며 죽죽 늘어나
태어난 시기가
한 세대를 뛰어넘는 사람들이
서로 다른 기억으로 만들어진
기준을 들이대며
함께 밥을 먹고 있다.

몇 가닥 남은 흰머리에
망국의 한을
동족상잔의 비극을
초근목피의 가난을
유전자로 남겨 놓은 사람과
손전화기에 눈을 박고
젓가락으로 밥알을 세며

다이어트 검색하는 사람의
공통점은 무엇일까

과거의 나
현재의 나
미래의 나에게
그대로인 것은
박제된 신분증
언어도 마음도
맞추지 못하고
건성건성
밥알을 씹어 넘긴다.

힘내

삶의 여정에
받은 상처는
거울 보며 잊기로 해
비난하던 사람들이
쉽게 일상으로 돌아가면
그곳엔
너만 혼자 떨고 있을 테니까

거울을 보며 물어봐
거울아 거울아
세상에서 누가 가장 무섭니
누구긴
바로 너지
지금까지 누가 너를 쓰러트렸는지
생각해봐

향수(鄕愁)

폐허가 된
고향 옛집
기울어진 문설주에
지워지지 않은
흠집들이 많다.

유년의 어느 날
붓으로 쓴
이름 세 자가
훈훈함을 품고
나를 반긴다.

지금껏 살기 위해
내 안에 만들어진
아픈 상처를
지우지 않아도 괜찮겠다
지난 것은 모두 그리움이니

냉이의 노래

조금 일찍
햇살을 받는 곳에
터 잡은 원죄로
허리 굽은 할머니 손에
뿌리까지 뽑힌 냉이

오일장으로 봄 마중 나온
부지런한 아낙의 눈길을
애써 피해 보지만
작은 소쿠리 안에서
피할 수 없는 엉긴 뿌리

한줌 에누리에
웃음을 나누어 챙기며
꼴 떠는 세상살이에
입맛 잃은 지아비의
마음 사러 간다.

아기 엄마

젖 먹던 힘으로
뒤집기에 성공한 날
힘겹게 등짐 지던 지구를
공놀이하듯
가지고 놀고 있는 아기

열정의 도전으로
기고 앉고 걷고 뛰고
처음 써내려갈
성공에 대한
찬란한 기쁨들

장작

마른 장작이
따스함을 숨기고
차가운 몸으로
겨울을 나고 있습니다.

작은 불씨로
온몸을 불사를
준비를 하고
순서를 기다리고 있습니다.

누군가의 작은 입김으로도
쉽게 타버릴
심장 하나 간직하고
기다리고 있습니다.

연기도 없이
소리도 없이
쉽게 사랑하고
사그라지는 열정으로

가장 큰 바람

살 만큼 살다
선택할 수 없이
삶이 끝나고
알 수 없는 여행지로
길을 나설 때
온전한 정신이었으면 좋겠다.

누울 곳 필요 없이
한 줌 재가 될 몸이지만
태어날 때의 모습으로
팔다리 성하여
내 힘으로 걸을 수 있게
온전한 몸이었으면 좋겠다.

아쉬움 남기지 않고

미련도 갖지 않고

그리움 만들지 않고

미움도 원망도 없이

사그라지는 찰나의

따스한 마음이었으면 좋겠다.

명절

빈방이 채워지고
식탁이 채워지고
마음이 채워지고
분주함으로 채워지고

와줘서 감사하고
무탈해서 감사하고
웃어서 감사하고
잘 먹어서 감사하고

새해 다짐

빠른 걸음으로
발견하지 못하고
지나쳐버린
아쉬운 것들은
잊어버리는 거야
지금부터
느리게 가면 돼
나만의 속도로

빠른 선택으로
만들어진
미완의 삶을
자성(自省)할 필요 없어
모두 잊어버리는 거야
지금부터
천천히 생각하면 돼
살아 있잖아.

들풀

산책 나온 강아지
예민한 코끝에
내려앉은 봄비가
아지랑이로 피어오르면
나무는 아린(芽鱗)을 벗고
바람을 만들어
대지를 깨운다.

온갖 다툼 없이
정해진 숙명에 감사하며
각자의 방법으로
뿌리 내리고
줄기 올려
꽃으로 미소 짓는
그대 이름은 들풀
어둠 그리고 강
바람이 어둠 한 줌 뿌려

가로등을 토닥이고
소리 없이 흐르는
검은 강물은
새벽을 깨우고 있다.

껄끄러운 잠 벗어
이불 위에 개어 놓고
걸음 내민 강변엔
먼 길 돌아온 빈 마음을
찬 이슬이 감싸 안는다.

잡초

햇빛과 바람과
대지의 물에
힘을 빌려
간신히 살고 있는
기생초로 알았어.

끔찍하게
질긴 욕망으로
뿌리 내려
꽃대를 세우는
역동적인 생명인 줄 모르고

지난한 일상을
속삭이는 바람에게
위로받으며
변함없는 초심으로
자리 지키는 잡초

차이

밖과 안의
기온 차이가 커
습기 찬 유리창
앞은 보이지 않고
거울 되어
내 모습만 그려낸다.

너와 나
생각 차이가 커
공감은 보이지 않고
혼돈의 미래에
어설픈 타인(他人)으로
네 모습만 그려낸다.

인정(人情)

눈 내린 새벽
공사장 인부들이
모닥불에 둘러서서
몸을 녹이고 있다.

훨훨 타올랐다
쉽게 사그라지는
따스함의 경계에 서서
서로의 안부를 묻는다.

각자의 일자리로
발걸음을 옮기며
누군가 말없이
장작을 집어넣는다.

바람이 제멋대로
재를 날리고
불씨는 가뭇없는
손길을 기다린다.

꿈에서라도

하루 왼종일
좋은 소식만 전해주는
TV 방송이 있다면
나 같은 바보들이
바라보고 있을 거야
그래도 있었으면

변호사로 검사로 돈 벌어
대통령 출마하는 것은
그래도 눈 감는데
거짓말하면
찍히는 사진기가
그래도 있었으면

올곧은 정치가가
아부하지 않는 교육자가
바른 소리 전하는 언론이
지금도 많지만
좀 더 많았으면
그래도 있었으면

시대적 바보

잘 써지고
빼어난 몸매를 자랑하는
필기구가 많은데
손때 묻어 퇴색한 만년필에
잉크를 채우며
행복해하는 나는

나이 먹으며
침묵과 무표정으로
점잔 빼고 살아야 하는데
생각이 짧았다는 말을
너무 자주 하며
행복해하는 나는

쉬엄쉬엄

창밖으로 보이는
하늘가에
구름 한 조각 쉬고 있다.

넓은 하늘 벌판에서
바람길 따라 잘 가고 있더니만
신호등에 걸렸나

여행 끝나는 날
얻은 것과 잃은 것을
미리 알고 있는 이의 발길은

급할 것 없겠지
바람 불기 기다리며
쉬엄쉬엄

어리석음

봄이 되면
텃밭을 일구어
해마다 같은 씨앗을
익숙한 습관의
깊이와 간격으로
농부는 희망을 심는다.

척박한 땅에서
잡초들과 혈투하며
간신히 고개 내민
소중한 꿈들을
아집으로 키워내며
농부는 흐뭇해한다.

어느 날

내어줌보다 부족한

가을걷이를 하며

살기 힘든 세상이라고

하늘과 나라 탓하며

농부는 술잔을 기울인다.

까치와 나

바람에 옷 벗은
높은 나무에
빈 까치집

바람에 옷 벗은
내가 사는 집이
더 높다 아주 조금.

여행 그리고 삶

시베리아를 가로지르는
기차 여행길
곧게 뻗은 길만이 아니라
산을 오르기도 하고
터널을 지나기도 하며
정해진 목적지를 향해
밤과 낮을 달려가고 있다.

단조로운 소음을 내며
평지를 지날 때보다는
기적을 울리며
오르막을 오를 때나
구부러진 터널의
어둠을 지날 때
더 행복한 여행길이었다.

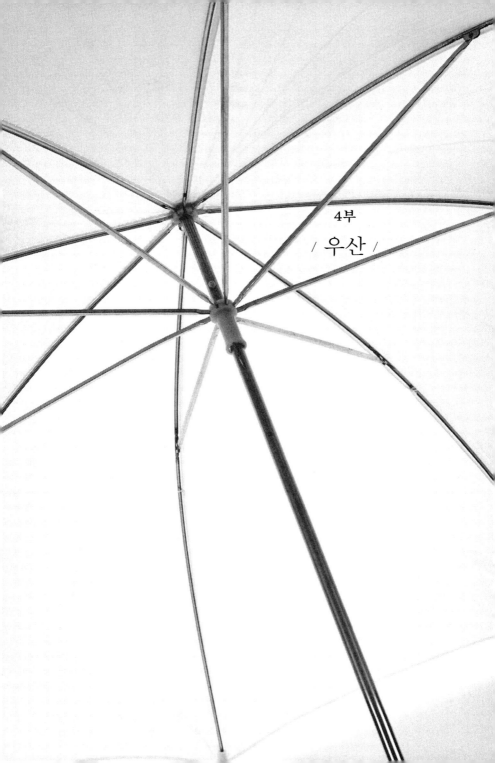

4부

/ 우산 /

우산

장대비 내리던 하굣길
구멍가게 처마 밑에
웅크리고 앉아
물안개 피는 골목길을
하염없이 바라보며
올 사람도 없고
우산도 없었던
그 시절
난 누군가의
우산이 되어 살기로 했다.

반백의 머리에 남은
기억을 반추하며
가을비 내리는
삶의 여정에 앉아
남은 여행길이
얼마나 남아 있을지

무엇을 할 수 있을지
정해진 것은 없지만
이제는 나에게 내가
우산이 되어 살아야겠다.

플랫폼

공허한 가슴 쓸어안을
온기가 필요한 걸까
침묵 뒤의 현란함이
아프다 몹시도
데일 듯 뜨거운 눈물이

적당히 타협한 삶이라면
억척 떨 필요도 없었으련만
감추지 못한 속내가 아려
허공에 삿대질하며
소리치고 싶은

생각을 세고 있는 밤
사람을 불신한다는 말은
더욱이 너를
이 말은 믿고 싶다는
바람에 대한 갈증

나이 먹어가는 모습을
보이지 않으려고
치기 어린 오만을 펼치며
감추는 데 익숙해진
물거품의 습관들

너울거리는 파도의 시간은
해를 넘고 또 넘어
어느새 눈앞에 머물고
눈 내리는 플랫폼에서
안타깝게 흔들리는 속내

십 년만 버티면

부모는 배운 것 없는
땅 없는 농부였고
공중목욕탕처럼
내 것이 없이
뒹굴던 유년 시절

이슬 내린 논둑길을 지나
신작로를 한참이나
뛰어가 등교하던
그래도 꿈 많은 시절은
책갈피에 끼워 두자.

삶의 전선에서
승패 없이 막 내리고
미완의 자식농사와
숙명으로 주어진
노부모에 대한 숙제
살아갈 날의
준비되지 않은 노후
그래도
이만하길 다행이라고
십 년만 버티면 된다고

냉장고

낮잠도 자고
골프 중계도 끝난
한적한 휴일 오후
지독히도 할 일 없어
시키지 않은 일을 한다.

냉장고 문을 열었다
유통기한을 넘긴 병들
비닐봉지 안에서
체액을 흘리며
영면한 오이와 대파.

냉동고 문을 열었다
비닐봉지들의 카오스
아내만 아는 질서를 건드리고
따로 잠자리에 들며
낮잠이나 더 잘걸.

단발머리 소녀

당신을 만나
살아온 만큼 잊혀진
서로를 확인하고
돌아오는 길
졸음쉼터마다
차를 세우고
비움을 다짐했어.

너는 너대로
나는 나대로
닿지 않은 연으로
채워진 보석함을 보며
여기까지 이만큼에서
흰머리 끝에 남은
그리움을 접기로 했어.

시간

이목구비를
가차 없이 비틀고
찌그러뜨리고
느슨하게 풀어 놓는

얼굴에
돋보기를 갖다 붙여
결점을 확대하고
생김새를 변형시키는

피부를
이리저리 구기고
반점을 흩뿌려 놓고
머리를 빠지게 하는

온몸과 마음을

넙데데하게 하고

코와 귀를 늘어지게 하는

흉측한 모핑 기법의 대가

짧은 만남

닫힌 지 오래된
빈집 대문이
더 녹슬기 전에
마음 걸음 하고 싶어
앞서가는 너를 불렀어.

험한 세상에
구비마다 지쳐가는
우리네 삶이지만
자투리 시간 속
상큼한 만남이잖아.

굳이 인연의 줄을 당겨

묶으려 하지 않아도 되고

찻잔이 식기 전에

서로의 등을 보일

사이이지만 그래도

애써 감춘

추억의 편린(片鱗)이

허공에 부딪히며 만드는

짧은 시간 속 긴 여운의

행복한 만남이잖아.

어떤 인생

작은 글씨로
아주 긴 시간
편지를 쓰다 보니
어느덧 할아버지로
사는 방법을 쓰게 되었어.

아들딸의 마음에
허용된 범위 안에서
손주를 돌보는 일이
그리 어려운
갈등은 없어.

떼쓰는 것조차 귀엽고
어리석은 말을 해도
황홀하기만 해
손주에게 복종하는
기술을 익혔거든

미완의 나를

닮지 않아

올곧게 살고 있는

자식세대의 모습이

기특하기도 하고

중년의 여행길

내둥
괜찮다가도
집 나서면
손발톱이 갈라져
신경 쓰이는

내둥
괜찮다가도
집 나서면
좋은 침대도 불편해
신경 쓰이는

내둥
괜찮다가도
집 나서면
비싼 음식도 맞지 않아
신경 쓰이는

내둥
괜찮다가도
집 나서면
이국적인 풍경이 낯설어
신경 쓰이는

이상한 책

각각 내용도 다르고
제목도 다르고
마지막 장은
앞부분의 요점정리로 끝나도
여전히 흥미로운
인생이라는 제목의 책

과정은 다르지만
누구나 결말은 같은
놓아 버려도 안 되고
덮어 버려도 안 되는
숙명으로 써내려가야 할
인생이라는 제목의 책

시니어

세월이 흐를수록
짝퉁 젊음은
가짜 티를 감출 수 없고
큰 수가 되어 버린 나이에
기죽지 않기 위해
커서를 옮겨
나이를 뺀다.

넉넉해진 잔액으로
머리부터 발끝까지
값비싼 치장 하고
소일거리 찾지만
관심 없는 세상에서
끼리끼리 모여 앉아
무용담에 빠져든다.

나이가 든다는 것

나이가 든다는 것은
이미 해답을 얻었거나
발견한 단계를
즐겁게 사는 것.

나이가 든다는 것은
희로애락에 무덤덤한
똑똑한 바보로
스스로 만든 행복으로 사는 것.

나이가 든다는 것은
수신(修身)으로 옷 떠 입고
신독(愼獨)으로 다독이며
자신을 세공하는 것.

나이가 든다는 것은
모든 것을 알면서도
모든 것을 모르는
므두셀라로 사는 것.

※ 므두셀라: 구약성서 창세기 5장 27절에 969세까지 살았다고 기록된 구약
  시대의 족장

자명(自明)

가족이 될지
친구가 될지
이웃이 될지
그 누가 될지
아직은 모르지만

이러니저러니
잠시 회자(膾炙)되다
타인이 알아서 닫아 주고
마침표를 찍어 줄
내 인생

윤회(輪廻)

시계도 돌고
나이테도 도는데
어리숙하게도
세월은 가는 줄 알았어.

나이만 커지는 줄 알았는데
그리움도 돌면서
더 커진다는 걸
왜 몰랐을까.

중년예찬(中年禮讚)

자식들은 대충
제 갈 길 떠나
돈 들어갈 일
거의 끝났고
퇴직을 했으니
시간이 여유로운
그대 중년이여

세상을 살아 본
익숙한 경험으로
생존의 법칙에
고개 수그리거나
허리 곧추세울 줄 아는
노련함으로 장착된
그대 중년이여

산전수전 공중전의
성공과 실패에서
고르고 골라
단단하게 무장된
현장 경험과
관리 능력의 고수인
그대 중년이여

화려한 옷으로
멋지게 당장하고
얼굴 가득 미소 짓고
당당하게 어깨 펴고
팔 휘저으며 걸어도
세상에 잘 어울리는
그대 중년이여

표리부동(表裏不同)

너그러운 척하면서
까다롭게 행동하는

희망을 가지라 하면서
불안하게 세상을 보는

변화 있게 살라 하면서
안정만을 찾아가는

남이 잘되는 일에
질투 먼저 채우는

참아야 하는 걸 알면서
곱씹으며 화를 내고 마는

합리화에 익숙한
중년의 세상살이

비 오는 날의 연가

비바람이
파문을 만들며 지나가면
햇살이 뒤따르며
다독이고
물결은 잔잔히
윤슬로 노래한다.

그리움이
파문을 만들며 지나가면
진한 향의 커피로
다독이고
마음은 잔잔히
한숨으로 노래한다.

새벽 산책

낮이건 밤이건
눈만 감으면
만들 수 있는 어둠
낱말 하나 쫓아가다
놓쳐 버린 잠은
낮에 붙잡으면 되고
편안한 마음으로
외로운 새벽의
동반자로 살아 온 세월.

언제부터인가
익숙한 습관이 되어 버린
새벽 산책길이
일상의 시간엔
피곤함으로 몰려와
힘들게 하지만
밤을 지키는 가로등을
포근히 감싸는 안개에

엉킨 생각을 풀어 온 나날.

그래 그랬던 거야
유년에 형성된
잘못된 예민함으로
즐겁게 살지 못한 채
사소한 것들에게
너무나 심각했던 죄로
지켜보는 사람들을
불편하게 하고
멀어지게 했던 거야.

이제는 괜찮아
아직 시간은 많아
가식 없는 미소도
만들어 챙기고
상처 입지 않을 만큼
마음을 포갤 줄도 알게 된
중년의 넉넉한 기다림이
자리를 만들었잖아
한번만 돌아봐.

비슷하니까 아픈 거야

생선의 회를 뜨듯
평가하는 너와
존재하는 모든 것에서
의미를 찾는 나는
처음부터 달랐던 거야.

그래서 그랬던 거야
껄끄러운 낱말 하나가
가시가 되어 찌르고
불안한 너의 눈빛에
수시로 마음이
무너져 내렸던 거야.

잘 견뎌서 고마워
갈등의 벽으로
막아버린 통로는
시간에게서 배운
기다림으로 허물면 돼
시간이 좀 남았으니까.

바람이 허하게 불면
침묵으로 다독이고
잠시 머리 숙이고
걸어보는 것도 괜찮아
비슷한 영혼이라
만난 거야 이렇게.

속단하지 말아요

그대여
쉽게 속단하지 말아요
사랑 속에서 행해지는 것들은
때로는 선과 악을 초월해서
이루어질 때가
더 아름답다는 걸

그대여
쉽게 속단하지 말아요
진정 소중한 것들은
나이가 들어서
혹은 죽음에 임박해서
겨우 알게 된다는 걸

그대여
쉽게 속단하지 말아요
온전한 심신으로
혼자서 할 수 있는 일을
시간이 빼앗아 가도
지금이 행복이라는 걸

그대여
쉽게 속단
알지 못하고
끝내는 여행이라도
걸어온 길은
그대의 명작이라는 걸

조화로움

산허리 헤집고
집 짓는 모습을 보며
벽돌을 쌓는다고
집이 되는 것은 아니었어.

자기만의 생각으로
시간을 쌓는다고
행복이 만들어지고
어른이 되는 건 아니겠지.

느림과 빠름

느리게 가는
기다림의
슬픔의
그리고
청춘의 시간

빠르게 가는
기쁨의
행복의
그리고
중년의 시간

5부

/ 탓 /

탓

붓글씨를 쓴다
글씨가 엉망이다
붓 탓일까
먹 탓일까
종이 탓은
더더욱 아니겠지

찻잔 그리고

녹차 속에 잠겨
퍼져 가는
연녹색의 향연
끝나지 않은
너의 노래

혀끝에서
퍼져 가는
따스함의 전율
남아 있는
너의 햇살

긴 시간 끌어안고
다독이던 너를
벗어 버리기에는
여름의 끝이 민망한
너의 들녘

의자

새벽마다 비워내고
깨끗이 닦아도
아내마저
앉아 쉬기를
거부하는 낡은
마음속 의자.

인문학으로
곱게 색칠하고
여유로운 음악으로
유혹해도
이방인들은
눈길 한번 안 주는

해넘이를 품고
마주한 내 의자는
색 바랜 관념과
아집의 틀로
저리도 빨리 채워질까
비우고 비워도.

풀씨

가을 들녘
열매를 맺은
모든 것들
참 부럽다.

놓아버리면
씨 뿌려져
번식하는 네가
참 부럽다.

돌 사진 앞에서

입에 침이 마르게
칭찬받을 일 한 적 없고
아직 피우지도 못했지만
작아지거나 위축될 필요는 없어
지금 모습 그대로
너는 여전히 세상의 축복이고
긴 여행은 끝나지 않았어.

세상이 관심을 접고
등을 돌린다 해도
상대평가의 잣대를 들고
막무가내로 키 재기를 해도
네가 할 일은
지금보다 더 뜨겁게
스스로를 사랑할 일이야.

사랑 그리고 믿음

손주의 웃는 모습
무엇이 그리 좋은지
자지러지게
까르르 까르르

지구를 들썩이며
바지락거리는
너의 날갯짓에
꿈틀대며 자라고 있는
인류의 미래.

행복 나누기

뭔가 말하고 싶어 하는 나에게
종종거리며
일상을 뒤쫓는
발걸음 멈추고
지금 하던 일
손에서 내려놓고
그냥 들어 주기만 하면 돼요

비난이나 비판은
하지 마세요
슬기로운 말도 필요 없어요
가만히 듣고만 있는 게
타인처럼 느껴지면
호들갑스럽게
맞장구치는 것은 잊지 말고요.

바보 남(男)

남자는
눈물을 참아야 하는데
슬픔만 생각해도
타인의 아픔만 보아도
코끝이 시큰해지는
나는 바보 남(男)

남자는
부엌에 가지 말아야 하는데
함께 나누는
음식 만들기 좋아하고
청소하기 좋아하는
나는 바보 남(男)

드라마를 보며
화장지를 뽑고
식재료를 고르고
영양을 따지며
울고 웃는
나는 바보 남(男)

그리기

화가가 그림을 그린다
하얀 도화지 위에
마음대로 그려 나간다
붓 끝이 펼쳐 내는
색채의 조화
한 폭의 아름다운
세상이 웃고 있다.

햇살이 그림을 그린다
뽀얀 안개 위에
지우개로 지워 나간다
빛으로 태어나는
자연과 소리의 실체
천지 창조의 기적이
용트림하며 탄생한다.

현명한 습관

세상은
처음 보듯
바라보고
매일 매일
처음 사는 듯 살아요.

생은
언제라도
도둑맞을 수 있는
재물로 여기고
지금 쓰면서 살아요.

시(詩)를 쓰며

아기 원숭이가
어미 등에 매달려
조막만 한 손으로
붙잡고 있는
몇 가닥 생명 줄

무엇을 잡고 있는지
언제부터 잡아 왔는지
알지도 못하면서
힘에 겨워
지쳐버린 손.

힘주어 손가락 펴고
쥐어 온 것을
놔 버리고 싶은데
눈에 보이질 않는
무거운 빈손.

얼마만큼 더 가봐야
잡은 것과 놓은 것을
볼 수 있을까
해는 쉽게 지고
멀기만 한 길

성찰(省察)

삼십 년 넘게 피우던
줄담배를 끊었어
거리에서 맡아지는
냄새조차 역겨운데
그리도 먼 시간을
아내는 잘도 참았구나.

삼십 년 넘게 마시던
술을 멀리했어
술친구를 만나
비워지는 잔을
말로 채우는 모습에
나도 그랬었구나.

늦은 것은 없다

잠자리에 들었다가
다시 일어나
오늘이 가기 전에
누군가를 그리워하며
시를 쓸 수 있고

먼지 낀
책 속에서 찾아낸
한 줄의 채근담이
가슴 찡한 울림으로
마음을 맑게 할 수도 있고

늦은 것도 없고
늦을 것도 없는
일상의 반복
매일 매일 안경을 닦듯
마음을 닦는다.

말씨

앞에서 한 말이
지구 한 바퀴 돌아
뒤통수를 때리는
짧은 시간

믿을 인간 없다고
주절거리면서도
놓지 못하고 있는
뜨거워진 손전화기

무선 너머에서
멋대로 각색되고 부풀려져
저장되는 걸
너는 알고 있을까

논둑

꾹꾹 눌러
접었다 편 자국이
선명한 색종이가
암팡지게 구획을 나눠
물을 가두어
꿈을 키우고

도래솔

소나무 숲 사이로
올려다본 하늘이
파랗게 멍이 들었다.

수많은 바늘로
쉼 없이 찔러대니
많이 괴로울 거야.

구름 따라 모두 떠나고
조각하늘만 남아
솔바람에 흔들린다.

봄의 향연(饗宴)

겨우내 잿빛 하늘이
밑그림 그려 놓은 들녘
봄바람이
햇살을 풀어
채색을 하고 있다.

밤안개 소중히 담아
농도를 맞춰
보이지 않는 붓으로
한 번에 그려 내는
신비한 명화(名畵)

끝은 같아

동물의 삶에선
우두머리의 자리를 빼앗기면
다음 자리에 앉아
편안히 사는 게 아니야
끝없는 광야로 추락하다
끝내는 혼자서
여행을 접는 거지.

우리네 삶에선
시간에게 모든 걸 빼앗기지만
추락할 것이 없으면
두려움이 없어
가시 돋친 마음을
힘내어 먹어 버리고
혼자 놀다 가면 돼.

혼(魂)

조각 바람에
몸을 맡긴 나뭇잎이
언제 어디로 갈지
생각하지 않고
유영의 여행을 한다.

그 어느 날
언덕에 기대어
비바람 피하는 홀씨
그의 이불이 되어
풀꽃으로 되살아난다.

모방

매일 매일 거르지 않고
시간이 되면 올리는
아들의 안부 전화

우리 아들은 참 효자야
아내의 한마디
당신이 그랬잖아

밥을 먹고 나면
며느리는 앉아 쉬고
설거지하는 아들

우리 아들은 애처가야
아내의 한마디
당신이 그랬잖아

비우기

해거름 강변을 거닐며
불안한 하루의
날개를 접고
잠자리를 고르는
텃새들의 깃털에
그리움 한줌

현란한 색들을
무채색으로 덧칠하는
어둠을 바라보며
흘러가는 물결에
조심조심 다가가
그리움 한줌